弱っているときはじっとしていろ。
英気を養い、再起の機会を待てばいい。
人間、立ち直る力だ。

立ち直る力

はじめに

本書におさめられた短文は、ほとんどが息子に向けて書かれたものですが、「息子よ。」という冒頭の呼びかけを外したら、不特定多数の方々へ向けた書物になることに気がついたのです。

人生には不意に予期せぬことが起こります。
そして、どうしていいのかわからなくなる。
そんなときに何げなく本書を手に取り、ページをめくってください。
最初から順序だって読む必要なんてありません。
読み切って終わり、の本でもないのです。
適当にめくったところに書かれてある言葉を、ぼんやりと眺めてみてください。
人生に答えなどないし、正しい生き方もありません。

くじけそうになったとき、私は自分に向けてたくさんの言葉を紡ぎました。

厳しい言葉が必要なときもありました。

ちょっとだけ優しくしてほしいときもありました。

自分の息子を励ますためにも多くの言葉が必要でした。

底知れぬ苦しさの中で湧き出た言葉たちです。

ここに集められた短文はその一部ですが、日々の中から生まれてきました。

人が立ち止まるときにこそ読まれるべき本をめざして、本書は編纂されたのです。


どのページでもかまいません。

パラパラと何げなくめくって、偶然開いたページをまず読んでみてください。

朝であろうと深夜でも、いつであろうと、うつむきそうになったときに開いてください。

そこには人間が立ち直るための方法が、ずらりと書かれてあります。

自分にさえ負けなければ、人間はくじけることがないのです。

一日のはじまりに。

いい日にするぞ

少年のころ、毎朝、ワクワクしながら目覚めていた。
今はたまに憂鬱な朝もある。
でも、朝が来るってすごいことじゃないか？
自分次第でどんな一日にだってなる。
朝が大事だ。だいたい一日は朝で決まる。
よし、いい日にするぞ、と決めたらいい。
君の今日は君のものだ。

知らないことは、楽しいこと

いくつになっても知らないことばかりなり。
知ったかぶりするより、知りたいと思うほうがいいね。
実際、知らないことばかりの世界なんだから。
死ぬまで学ぶことは終わらない。
それはちょっと楽しいことだったりする。

毎朝、記録更新中

人間は毎朝、誰もが自分の記録を更新し続けているね。
人間はひとりひとりが奇跡の産物。
新しい今日は、人それぞれにとっての、前人未到の記録更新。
今まで誰も足を踏み入れたことがない、今日を精いっぱい生きたろう。

いいこと起こせないかなぁ

小さなころ、毎日「なんかいいこと起きないかなぁ」と思っていた。
最近は「なんかいいこと起こせないかなぁ」と毎日、考えている。

成功は、楽しんでいる人に生まれる

息子くんが起きてきて、
「パパ、成功する人って、成功したいと思わない人なんじゃないかな？」
といきなり言いました。
「成功って、野心丸出しで目指すもんじゃなくて、
誰よりもそのことを楽しんでいる人のところに生まれる力なんじゃないかな」
どうやら、ユーチューバーのことみたいですが、ご名答！

まず自分が幸せになる

ハッピーの法則。
人をハッピーにしようなんて考えたら絶対ダメ。
まず自分が誰よりもハッピーにならなきゃ。
まず君が幸せになりなさい。

静かな幸福

日々はささいなことをかき集めてできている。
私はささいなことで悩んだり、ささいなことで喜んだりするのが好きだ。
ささいなことがどれほど自分を包囲しているかを知るとき、
私は静かな幸福を感じるのです。

今日も頑張ろう

パリは朝の7時、朝ごはんの支度しながら父ちゃんは考えた。
息子は父ちゃんにしか当たることができない。
父ちゃん的にはかまわない。
それで息子のストレスが解消されるなら。
けれど、父ちゃんが当たれる人がいない。
友達？　いや、友達に悪態つけないよ。笑
同じような立場のみなさん、今日も頑張ろう！

今日は今日

なんかすごいことをやろう、とか思わないで、
今日は今日、明日は明日、昨日は昨日、と割り切り、
まずは目の前のことに精を出す。
部屋がきれいになったから、買い物に行ってお昼の準備をしますよ。
家事は、心を整える日々の運動だね。
余計なことは考えない。

自分が変われば、出会う人も変わる

結局、君が元気いいときって、
気がつくとまわりに人間的にいい人ばかりがいるだろ。
逆に調子悪いときって、
まわりに欲張りで悪口好きな人ばかりが集まっていないか？
人間って、誰とつき合うかで変わるんだよ、一生が。
選んでいるのは自分。自分が変われば、出会う人も変わるんだよ。
さ、今日も笑顔で！

流れをちょっと変えようぜ

運気ってエネルギー波動だから、運気をずっと上げ続けるのは無理な話で、上げ下げじゃなく、悪いことが続くなら、流れをちょっと変えようぜ、くらいがいいね。

結局、自分次第で流れは変わるし、「自分が変われば、出会う人も変わる」につながるわけだ。

運気を上げ下げしながら、高い場所を維持できたら理想ったいね。

交互にやってくる

人生って、大変なことといいことが、わりと交互にやってくるよな。
大変なときは、慌てない慌てない、と自分に言い聞かせ、
調子のいいときは、自惚れない自惚れない、と言い聞かせている。

あんたは天才だぁ

自分を嫌いになるいちばんの原因はまわりだよ。
気づかないうちにプチ洗脳されて、
自分はダメなんだって追い込まれているんだ。
いいところをほめてくれる仲間に囲まれたら絶対、運気上がる！
父ちゃんなんか誰もほめてくれんけん、
あんたは天才だぁ、って毎朝自分を洗脳しとったい。

まずは心を軽く、調子を上げる。

今日も探しに出かけよう

生きる意味がわからない、と誰かが言いました。
私もわからない、でも、生きる意味を探すことが好きなんですよ、
と言ったら、その人の口元がゆるみました。
今日も探しに出かけよう。

才能があると思い込む

才能がないと決めつけるのはよくない。
才能があると思い込める人に才能は宿る。
自分の可能性を頭から否定したら、そもそも才能なんか花開かないよね。
ただね、才能は思わぬところにあったりする。
僕にこんな才能があったのかって驚くような。
今は決めつけないで、いろいろ試したらいいよ。

期待してるよ、自分！

期待していいんだよね、
自分のこと、期待できるのは自分しかいないんだから。
期待してるよ、自分！

よく言う言葉

頑張ったね、優しいね、努力したね、つらかったね、すごいね、
やればできるね、我慢していたね、なかなかできないよね、
素晴らしいね、立派だね、えらいね、いいこと言うね、
無理しないでね、たまにはいいよね、よかったね、
まあそんなもんだよね、いいね。
息子をほめるときによく言う言葉なり。

ハッピーさん

自分のコンプレックスを数えてなんになる？
むしろ自分の長所やチャーミングなところはいくつある？
父ちゃんが「自分を上げる方法」を教えたる。
自分をほめる
←
自分のよさを知る
←

長所を伸ばす
←
自己嫌悪から脱出する
←
自分が変わる
←
運気が上がる
←
ハッピーさん

自分に「いいね！」

たまには自分に「いいね！」を押したらいいね。

長所にも短所にもなる

自分の弱い部分を自覚すると、
そこが長所に成長することがある。
逆に才能があってても自惚れてばかりいると、
そこが短所になりかねませんね。

好きな言葉に囲まれる

好きな言葉を集めて、それをできる限り口にし、紙に書き留めたりしています。
すると、不思議なことに好きな言葉たちが近寄ってくるんです。
好きな言葉に囲まれると、幸せな気持ちになります。
それがじつは幸せなんじゃないか、と思います。
イヤな言葉には近づかないに限りますね。

まだ幸運なほうだ

幸運とは、
自分のことをまだ幸運なほうだ、
と前向きに思えることで。
不運とは、
自分のことをちっとも幸運じゃないと、
いつも不平を口にしている状態のことかもしれないね。

心が整いました

落ち着かないときは「落ち着きました」と過去形にします。

祈るときは「ありがとうございました」と過去形にします。

まだ安心できないときも「安心しました」と手を合わせて過去形にします。

日々を整える術です。

「ありがとう。心が整いました」

時短はしません

時短はしません。
時間をかけてコツコツ。
手間ひまは、美味しいの秘訣だから。
時短がもてはやされる時代に、料理を楽しみながらのスローライフでいくよ。
まわりは気にしない。
人は人、わが道を行く。
明日、息子が帰ってくるころにちょうど美味しくなる、鶏肉のブランケット。

こまめに働く

マメですね、とよく言われますが、よき日々とはマメの連続から生まれます。
マメとは日々に感謝を絶やさないことで、しつこい、とは違うんですよね。
こまめに働く、とは、労を惜しまないということでしょう。
無償の愛情かなあ。

そのためのカップラーメン

「パパ、一日じゅう家にいて掃除やごはん作ってばかりはダメ。
たまには飲みに行きなよ。
僕は大丈夫だから外出しなよ。
ツイッターちょっとやめて友達つくりなよ。
日曜日まで家事やらなくていいよ。
そのためにカップラーメン開発されたんじゃないの？」と言い残して、
息子は友達の家に遊びに行きました。あへ。

期待しない

息子への伝言。
期待する↓期待しすぎてしまう↓期待どおりにならない↓
相手とギクシャク↓人間不信、がパターンだから、
期待しない生き方を父ちゃんは君に勧めます。
父ちゃんに期待しない↓父ちゃんは口先だけ↓
父ちゃんを当てにしない↓もしものことを考え↓
僕はこれからなんでも自分でやります。 笑

好きになるとき

人を好きになるときは、自分も好きになるときだよね。
人を嫌いになるときは、自分を嫌いになるときだね。

自分に納得したい

気がすむまで頑張りたいなあ。
たぶん、自分に納得したいのだと思う。
他人にどう思われているかなんて、重要じゃなく。
自分に納得できるか、できないか……。
やれやれ、厄介な敵だ。
まだまだ走れ、頑張れ、かっとばせ、と俺が僕の尻をたたく。

準備万端でやれ

絶対後悔するな。
やっちまったことを引きずるくらいなら、最初からやんな。
今、君が後悔している問題はすでに過去の出来事。
今、悩んだところで自分がつらくなるだけやけん。
悩むなら未来について悩み、準備万端でやれ。
後悔先に立たず！

全部ひっくるめてムダはなし

ムダなことばかりだし、知りたくないことばかりだし、
聞きたくないことばかりですが、
これらには何か意味があるんだろうな、と心閉ざさぬようにしとります。
イヤなヤツにも会わなければ、誰がいいヤツかわからないわけですからね。
そう思えば、全部ひっくるめてムダはなし。

人生に近道はない

都合よく生きる人には、必ずあとで大変が待ち受けているよ。
思いどおりにならなくても、ヤケになっちゃいけないよ。
人生に近道はないんだよ。
みんな命をひとつ持っているよ。
だから毎日せっせと生きるんだよ。

たどり着けない目的地はない

遠回りしようと、迂回しようと、そこにたどり着くための道はいくらでもある。
たどり着けないのは、途中で挫折してしまうからだ。
絶対に諦めなければ、たどり着けない目的地はないと信じている。
それを信念というのだろう。
長く曲がりくねっていようと、信念の道を歩く。

疲れない程度にポジティブ

ポジティブに生きろ、と人は言うけど、そんなに毎日、ポジティブは無理。
ポジティブって、ネガティブの中からしか生まれないしね。
ポジティブ１００％なんかありえないし。
疲れない程度においらはポジティブ！

どうせ生きているんだから

どうせ死ぬんだから、というのはちょっとよくないね。
どうせ生まれてきたことだし、ならば生きたれ、
と思えばポジティブになれる。
どうせ生きているんだから、とことんやろう。
やる意味はあるし、やらないで死ねるか、くらいがちょうどいいかも。

洗濯となんら変わらない

今日も朝から面倒くさいことが3つくらい飛び込んできた。
先週の分と合わせれば10個くらいかな。
でも、面倒くさければくさいほど、丁寧に解決していかなければなりませんね。
ほったらかすと、全部が束になっちゃう。
面倒くさくない人生なんかないです。
洗濯となんら変わらない。
洗えばきれいになるとよ。

75%の人生

ベストを尽くせと人は言うけど、
ベストなんてそんなしょっちゅう尽くせるもんじゃない。
しかし、父ちゃんは毎日、精いっぱいやっているよ。
人生、75%の達成感で十分最高じゃないか？
75%の人生を目指したいね。
負け惜しみじゃない。
25%を希望と呼ぶ。

そしたらオマケがついてきた

やる気が出ない？　ＯＫ、父ちゃんの出番だな。
「やる＋気」がやる気なんだから、やれば出る！
モチベーションが上がらない？
あのな、生きること自体がモチベーションだろ。
オマケがなきゃグリコ買わないか？　グリコが食べたいから買うんだろ？
そしたらオマケがついてきた、ラッキーじゃん！
人生はオマケか？

だんだん楽しくなってきた

知り合いに「だんだん楽しくなってきた」が口ぐせの人がいます。
素晴らしい感覚スイッチだな、といつも感服しています。
その魔法の言葉は、まわりを上向きにさせるからです。
僕もこの魔法を、最近借りています。
さて、だんだん楽しくなってきたぞ。

ストレスを抱えるひまがない

フランス人はなぜストレスがないの？と友人のバンサンに聞いた。

「フランス人はね、一年じゅうバカンスのことを考えているから、ストレスを抱えるひまがないんだよ」とバンサン。

「人生を楽しむことがストレスに勝つ唯一の方法だよ。ムッシュ～辻、一度しかない人生、大切にしてください！」

バンサン、かく語りき。

今が未来を押し上げる

今を精いっぱい生きる、とにかく今を大事に生きることだよ。
そうすると、この今が未来を押し上げ、未来を素晴らしいものにする。
明日やるから、と今日怠ける者に、素晴らしい未来は待っていない。
未来とは、今が積み重なってできた世界だ。
今を精いっぱい生きなさい！

生きちゃう

するな、と言われてもしちゃう。待つな、と言われても待っちゃう。
苦しむな、と言われても苦しんじゃう。忘れるな、と言われても忘れちゃう。
慌てるな、と言われても慌てちゃう。悲しむな、と言われても悲しんじゃう。
笑うな、と言われても笑っちゃう。
生きるな、と言われても生きちゃう人間、万歳！

図々しくてかまわない

君には幸せになる権利がある。
君だけじゃない、人間みんな一緒だ。
幸せへと向かう本能だけは退化させちゃいかん。
自分なんか、と卑下していたら幸せは逃げるぞ。
幸せに対して図々しくてかまわない。
今が不幸でも幸せだけを見て進め。

ひとりインタビュー

自分で自分を発奮させ、やる気にさせるしかありません。

昔はよくひとりインタビューをやりました。

「おめでとうございます、大成功ですね！」

と自分にマイクを向けて。

「苦しい道のりを激白してください！」

すると、不思議や元気になるよ！

マジ、やってごらん。

私だってスターじゃん

フランス人はどうして変わり者ばかりなの？とバンサンに聞いたら
「ムッシュ～辻、それは違う、
フランス人は個性豊か、みんな自分の人生をいちばん大切にしているだけ。
カフェに大スターがいても、
みんな『私だってスターじゃん』って顔して無視。
カフェがスターだらけになる国民性だよ」
バンサン、かく語りき。

他人は勝手に君を好きになる

他人に好かれたい自分を目指すなよ。
自分らしくあれば他人は勝手に君を好きになるが、
おもねったり、媚びたら足元を見られるぞ。
他人とは自分の弱い部分を映し出す鏡だ。
自分のない八方美人になったら、
敵は減るだろうが、真の味方はできないよ。

負けを怖がらんと

「傷つきたくない」ばかりが先に立つと、
不幸にはならんかもしれんが、幸せも遠のくっちゃない？
「嫌われたくない」が出すぎたら、好かれることもないっちゃない？
「失いたくない」が強いと、ビクビクしすぎて逆に失うっちゃない？
守りに入ったボクサー、勝てると？
負けを怖がらんと突撃せんね。

熱烈告白せないけん

余計なお世話やろうが聞いてくれ。
好きな子がおるなら、宇宙一大好きやけん、と熱烈告白せないけん。
僕のことどう思ってますか？と聞いたら絶対アウト、
その瞬間、逃げられるとぞ。
恋愛だけじゃなか、これはすべてに当てはまることったい。
ポジティブな行動にポジティブな結果が集うとよ。

世界にひとり見つけられたら

一緒にいて楽しい人、なんでも話せる人、笑顔が素敵な人、
そこにいない人の陰口を絶対に言わない人、
たまに助言してくれる人、頼り甲斐のある人、嘘をつかない人、
ちょっと熱血な人、裏切らない人、なぜか波長の合う人、
なぜか会いたくなる人、
そういう友達をこの世界にひとり見つけられたら幸せになるね。

荷物は軽いほうがよい

生きる旅をしていると思えばいい。
旅なんだから、全部を持って帰れない。
執着しても、さらに遠くに行くなら諦めるしかない。
生きる旅を楽しむなら、できるだけ荷物は軽いほうがよい。

歩く速度を落としてみないか

世界がふと微笑みを向けてくる瞬間がある。
それはふとした何げないときにだ。
たとえば歩く速度を落としたときとか、
ほどけた靴ひもを結ぼうとしゃがんだときとか、
メトロを出て地上に上がり雲間に太陽を見つけたときとか。
今日いいことがある予兆のような微笑みを、見逃さないこと。
ちょっと歩く速度を落としてみないか。

さらりとかわす。

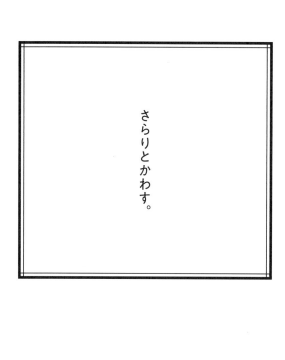

笑顔でスルーの術

マジ面倒くさいのは、つねに自分がいちばんじゃないと暴れるヤツね。
なんでもかんでも中心じゃないとイヤな人。
そういう人からは即座に遠ざかってください。
もめると面倒くさいから、笑顔でスルーがいいよ。
お、笑顔でスルーのパターンだな、と思えば気も楽になる。
笑顔でスルーの術だよ。

自分は人をバカにしない

批判されたら、意識されてるんだな、と思え。
悪口言われたら、このかまってちゃんめ、と笑え。
陰口言われたら、面と向かって言えないんだな、と思え。
自分のストレスを他人に押しつけて
すっきりしたいヤツらの踏み台になるな。
自分は人をバカにしない、と強く決めたらいい。
めちゃカッコいいじゃん！

「消えろボタン」を押せばいい

失礼で無礼な人間はどこにでもいる。
遭遇したら、いたいいた、と思い、即座に離れるべし。
ストレスは他人を尊重できない人間が生み、関われば関わるほど被害増。
離れられない場合は、その存在を視界から消すべし。
暴言を吐いた瞬間「消えろボタン」を押せばいい。
消えろ、と心の中で唱えながらが、効果大！

第一印象は嘘をつく

笑顔で、しかも調子のいいことを言って近づいてくる
物わかりのよさそうな連中には、まず気をつけるんだ。
父ちゃんは、この手の輩でうまくいったためしがない。
むしろ、最初から本音を言って生意気でぶつかってくるヤツのほうが、
最後は味方になったりする。
第一印象は嘘をつく!
マジだ。

上下関係いらん

友情でも恋愛でも奴隷になっちゃいけんよ。
支配者体質のヤツからは即座に離れんと。
気をつかったり、ご機嫌うかがったりしても楽しいわけがなか。
いっさい気をつかわずリスペクトし合えてはじめて対等な仲間になる。
愛も友情も上下関係いらん。
いるのは信頼関係だけったい。

バリア発動！

イラッとさせられたら、即座に言い返さず、十数える。
カッとなったら負けやけんね。
相手のペースに巻き込まれちゃいかん。
人を攻撃することで何もない自分を奮起させる輩と
まともにやりあっても疲れるだけったい。
父ちゃんは「バリア発動！」と心の中で叫んで気分変えとお。
言葉の暴力にはバリア発動！

表で生きろ

陰口を言うヤツらは、表じゃなんもできんから、
陰で人の悪口を言うんで、そいつらの寂しい口を陰口という。
そいつらにいちいち反論してなんになる？
表で生きろ。
少なくとも、陰口を言わない人間になれる。
そのほうが人生、気持ちがいいだろ？
不条理な世界だからこそ、堂々と生きたらいい。

今がつらいときは。

頑張れとか、ふざけんな

弱音吐いていいよ。
もうダメだって愚痴っていい。
くさるのは当たり前だし、人間、全部抱えられるかよ。
頑張れとか、ふざけんな。
相手にしないわけにいかないイヤなヤツもいるし、無視できないこともある。
プライド捨てなきゃ生きていけないことも知ってる。
無理してるのはわかってる。大丈夫だ。

それ以上、無理はすんな

無理すんなよ、って人から言われるとなんかね、イヤなんですよ。
生きてりゃ普通にみんな無理しているし、
無理していないヤツなんかまわりにはいない。
だから、それ以上無理はすんな、と言います。
もちろん、自分に。

体と心が仲よくするまで

自分の精神状態が、ときどきわからなくなることない?
そういうときは自分に優しくしましょう。
よしよし、君の好きなようにしたらいいよ、と言い聞かせてほったらかします。
体と心が仲よくするまで、なんにもしない。
余計なこと考えない。
自分に優しく。たまには。

明日、探しに出たら？

もしつらいなら、さらっと流しちゃえば？
そんなもん抱え続けてもつらいだけだから、捨てちゃったら？
そんなに頑張ってもその連中は絶対に理解しないし、
明日、理解してくれる人を探しに出たら？
人格否定されてまで仲よくする必要ある？
つらいの忘れて、寝ちゃおうよ。

少し立ち止まるべき

苦しいと感じるならば、それは君が自分の限界に達したからだよ。
ならば少し立ち止まるべき。
苦しみは心が君に知らせているシグナルだと思え。
君はただちに苦しくない場所まで、一度撤退しなきゃならない。
それは悔しいことじゃない。
ゆっくり休み、気力が回復したら、再び前進すればいいだけのことだ。

勇気って。幸福って。

勇気って前進することだけじゃない。
幸福って毎日が楽しいことだけじゃないね。

休み休み

人生は長い闘いだね。
休み休み、いきますか？

流れ出せば、また流れる

うまくいかないときは、何かが滞っているんだな。
無理に流そうとせず、流れるのをじっと待つのがいい。
流れ出せば、また流れる。
待てば海路の日和あり。

とりあえず①

とりあえず時の流れに身を任せてみる、という手もある。
とりあえず風に吹かれて漂ってみる、という手もある。
とりあえず逆らわず言いなりになっているフリをしておく、という手もある。
とりあえず今はぐっと我慢して反撃のチャンスを待つ、という手もある。
とりあえずビール、という手もある。

とりあえず②

とりあえず考えるのをやめて、とりあえず力を抜いて、
とりあえずふとんにもぐり込んで、とりあえず目を閉じて、
とりあえず頭を空っぽにして、とりあえず明日にかけて、
とりあえず何か必要なときの応急処置に、
とりあえず、は便利だ、
とりあえず寝ましょう。

まもなく潮目が変わる

人生には何をしても好調なときがある。
何をやってもカラ回り、不調なときもある。
でも、ずっと絶好調だったり、ずっと絶不調ということはない。
どん底にいるとき、私はいつもニコニコしている。
なぜなら、まもなく潮目が変わるからだ。
でも、絶好調のときは暗い顔をしています。笑

つらいときは、何かが動いているとき

つらいなあと思うときは、意外と何かが動いているときだったりするね。
確かにつらい、でも、それを乗り越えなさいと
試練を与えられているときだと思うようにしています。
その、つらいなあ、さえ越えれば、
必ず何かちょっとしたいいことが待っているものです。
もう少し頑張って進んでみよう。
よし、行くぞ。

満を持してやる

とことんやれないときはコツコツやろう。
頑張れないときはちょっとずつやろう。
気がのらない、気が進まないときは無理にやらず、
やる気が出るのを待ちましょう。
人生は短いからこそのんびりね。焦ってもロクなことはない。
満を持してやるのがよい。
よい一日でありますように。

長所を伸ばせば短所は消える

うまくいかない原因をいちいち考えるのはやめなさい。
うまくいっているものを数え上げてみろ。
得意とするものでまわりをいっぱいにするんだよ。
ダメなものばかり気にしていたら、伸びる前に枯れちまう。
長所を伸ばせば自ずと短所は消える。
自分をおだてる天才、目指せ。

自信は「なくすな」

「自信を持て！」くらい無責任な他人の言葉はないよ。
自信がないから、みんな頑張っているんだよ。
誰もがあるかないかのちょっとの自信をかき集めて、
日々を乗り切っているんだ。
「自信を持て」じゃなく「自信をなくすな」だ。
今ある自信を確かなものにして、少し強くなれたらいいね。
自信をなくすなよ。

自分を気にしないでいけたら

まわりが気になる？
本当はまわりを気にしている自分のことが気になっているだけだったりする。
結局、自分なんだ。
自分がどう思われているかが気になるわけで。
自分を気にしないでいけたら、まわりも気にならないんだけど。

君は君

誰かと比較するから劣等感が生まれると。
自分に厳しすぎたり、人と比べたらいかん。
でも優越感しかない人間は成長せん。
自分の弱さや至らなさに気づけたって、すごかことやない？
君は君、自然体でいてよか。
ほら、楽になったっちゃろ？

自己嫌悪とは成長の過程

たまに、自己嫌悪になりませんか？
それはよいことだよ。
自分に期待した結果、人は自己嫌悪に陥るんでしょうから、
つまり自己嫌悪とは成長の過程なんです。
自分にいっさい期待しないってのは、
つまり絶望しているってことだから、やばいね。
自己嫌悪を感じるときは、明らかに成長期なんだよね。

くじけるのは君が

人は落ち込むものだ。
頭を抱え、絶望することさえある。
がっかりするのは君の理想が高いからだよ。
くじけるのは君が大きな志を秘めているからだ。
見ている人は見ている。
必ずチャンスはきます。
苦難を味方にし、乗り越えたときにこそ。

もっとやれる自分

悔しいのは、上昇志向が強いからだし、
もっと頑張れる自分を信じてきたからだね。
後悔し続けるのは、本来の優しい自分を出せなかったから、
もっとやれる自分を知っているからだね。
うん、わかる。一緒だよ。
だから、明日があるんだな。

降らせてあげましょう

晴れたり降ったり毎日天気が変わるね。
同じように心も晴れたり曇ったり。それは心も自然の摂理だから。
心をコントロールしていると思いがちだけど、
明日が雨になることを回避できないように、
心も降るときは降らせてあげましょう。
でも大丈夫、人は傘を差すことができますよ。
心は自然に。

根に持たない

怒ってもいいと思う。泣いてもいいと思う。
嫉妬してもいいと思う。落ち込んでも仕方ないと思う。
くさったってしょうがないと思う。
ただ、根に持たないがいちばんだと思う。
怒っても一瞬、泣いても一瞬がいいと思う。
雨のあとに一瞬かかる虹のような自分であればいいと思う。
根に持たないよ。

軽く自分にキレてみる

今、ちょっと鬱かな、と気がつく瞬間ない？
そういうとき、父ちゃんはね
「でも生きてんだもん、鬱なんか当たり前じゃん、
　なんか失うもんあんのかよ？」と、
軽く自分にキレてみたりするんだけど、これ、効きますよ。
ネガティブなときもあるさ、生きてんだもん。
ピース。

苦しいのが当たり前

幸せを感じられないのは、
単純に苦しみの理由がわからないからだったりします。
漠然とした不安や苦しみの根元を探し、
目をそらさず見つめてゆくことも大事。
苦しいのが当たり前の人生だと最初に理解することから、
父ちゃんは始めました。
だからか、このごろ、ささやかな幸せを発見できるようになりました。

すいすい

許せないなら、許さなくってもいいんじゃないですか。
でも、恨み続けるのはよくない。
疲れるし、なにより自分のためになりません。
恨むのは、自分がその土俵まで下りること。
それより晴れやかな空を見上げたほうがいいですよ。
すいすい、いきましょう。
すいすい。

悲しみを切り捨てない

なんだろう、深い悲しみというものは無理に克服しようとせず、
少しずつ乗り越えていくというのか、切り捨てたり忘れようとせず、
逆にその悲しみをも一緒に持って生きていくんだと思えば、
いつか和解し、一部になる。
笑顔で。
みんな、生きよう。

なんかいいことあるよね、きっと

「死にたい」という口ぐせを「生きたい」に変えてみるといいね。
ため息を微笑みに変えてみるといいね。
うつむき加減な歩き方を背筋を伸ばす歩き方に変えてみたらいいね。
「なんかいいことないかな」を
「なんかいいことあるよね、きっと」に変えたらいいね。
いい一日になるといいね。

捨ててしまえ

父ちゃんの告白。
死にたくなったことは何度かあります。
でも、死んだことはない。
なぜか？
生きたろう、生きたれ、と聞こえてくるんだよ。
苦しみは執着だから、死にたくなるなら、捨てなさい。
そこが苦しい場所なら、旅立てばいい。

くるしいのは、

くるしいのは、くやしいから、くやしいのは、かなしいから、
かなしいのは、つれないから、つれないのは、じれったいから、
じれったいのは、きらいだから、きらいなのは、はっきりさせたいから、
はっきりさせたいのは、人間だから、人間なのは、あきらめたくないから、
あきらめたくないのは、くるしいから、

人間に救われるはずだ

人間は人間に苦しめられ、人間に振り回され、
人間に惑わされ、人間にクタクタにさせられるけれど、
でも、最後はきっときっと人間に救われるはずだ、と信じて生きたい。
かすかな望みをつないでつないで、
つむいで、かさねて、ひろげて、はてしなく。

たくさん食べて

おはよう、と言っても、おはよう、が返ってこないこともある。
おやすみ、と言っても、返事がないときもある。
でも、おなかすいたか?と聞いたら必ず、うん、と返ってくる。必ずだ。
いたか、そこに! 笑
おなかすくよな、生きているんだもの。
それでよかよか。
たくさん食べて、今日を精いっぱい生きたれ。

たとえ今がつらくても

毎日ってすごい。
あんなにつらかったのに、今日こんなに笑えるんだから。
いちばんの薬は時間なんだな。
たとえ今がつらくても、日々を精いっぱい生きていたら、また笑えるようになる。
過去というものは、過ぎ去りし自分だ。
くよくよするな、というのは、今をムダにするなってことだ。

ちょっと

今日、ちょっとうまくいかなかった人と、
明日、ちょっとうまくやるためにも、
今夜、ちょっと時間をあけてみたらいいね。
明日になればまた、ちょっと流れが変わるから。

大の字になって

大変なときには涼しい顔をして、
悲しいときにはできるだけ微笑みを忘れずに、
すべてがうまくいっているときには気を引き締めて、
すべてがうまくいっていないときにはあんまり気にせず、
寂しいときには口ずさんで、どうしようもないときにはもう諦めて、
つまずいて転んだときには起き上がらずに大の字になって青空を眺めて。

今がつらいなら、離れなさい

一緒にいて、自分はダメ人間なんだ、
と思わされるような相手は友達や恋人にしちゃいけん。
自分らしさを偽らないと一緒におられんような人は絶対いけんと。
一緒にいるだけで君が君らしく輝けるような相手こそ本物ったいね。
今がつらいなら、離れなさい。

我慢しなくていい

「我慢」を美徳と思いがちですが、
もともとの意味は「おごりたかぶり」「自分はえらいと勘違いする慢心」でした。
だから、自分に言い聞かせます。
我慢はよくないよ。
いらだちや怒りを押さえつけて我慢しても、苦しくなるだけだよ。
我慢しなくていいんだよ。

そういう人が、ひとりいるなら

相談できる人、泣き言聞いてくれる人、
ときどき誘ってくれる人、一緒に笑ってくれる人、
もしものときに駆けつけてくれる人、叱ってくれる人、
損得じゃなくつき合ってくれる人、消しゴムを貸してくれる人、
いつも笑顔を返してくれる人、「またね」と言ってくれる人、
そういう人が、ひとりいるなら幸せだよ。

寄り添ってくれる友達

嫉妬しない人、気をつかわなくてもいい人、
カラ元気で頑張っているときなんかに
「無理するなよ」と声をかけてくれる人、
つねに何げなく気にしてくれる人、約束を忘れないでいてくれる人、
ときどき「元気だよ」と連絡くれる人がいいなあ。
調子がいいときに近寄ってくる人より、
もうダメだと思うときに寄り添ってくれる友達。

疲れないようにしましょう

鈍感でないなら、忘れっぽいがよい。
忘れっぽくないなら、気にしない人になり。
気にしすぎるなら、諦める潔さを持ち。
潔くないなら、寝てしまえ。
眠れないなら、その悲しみを許しなさい。
許せないなら、許さなくてもいいから、
あなた自身が疲れないようにしましょう。

大丈夫、大丈夫、大丈夫

大丈夫、このひと言があれば大丈夫。
大丈夫、と自分の中で3回唱えなさい。
最初のは、自分に言い聞かせるための大丈夫。
次のは、未来に向けての大丈夫。
最後のは、おまけの大丈夫だよ。おまけはギフトだよ。
3回唱えたら、必ず大丈夫になる。
心配するな、大丈夫だよ。

寂しさを隠して微笑む

寂しくない人に会ったことがないなあ。
寂しさを隠している人がたくさんいるなあ。
そしてみんな微笑んでいるなあ。
だから、父ちゃんも微笑むことにする。
そのほうが圧倒的によい気がするなあ。

こんなオヤジも生きています

家事から逃げたい↓でも現実無理↓家事山積み↓やる気出ない↓シングル鬱。↑今ココです。

休みたい。

しかし家事に日曜・祝日関係ねー。

あと何年続くんだ、俺の老後を返せ〜！

こんなオヤジも生きています笑、みんな負けるなよ！

自分にストライキ！

なんで、次々、面倒が降りかかるのだろう。
生きるのは重いなあ。
たまには、荷物おろしてみる？
路肩にしゃがみこんで、自分にストライキ！
いいね〜。

自分ストライキ決行中

温存することも必要

家事しながら思ったんだけどさ、逃げ場は大事だ。
休め。
温存することも必要だよ。
毎日、全力勝負じゃ身がもたない。
必ずチャンスはくるし、タイミングってもんがある。
俺はそう心がけているよ。
手抜きじゃない、カップ麺に救われる日も必要なんだよ。

主夫友ここにあり

どんなに頑張っても、私の仕事ぶりなんて誰も見ていない。
どんなに頑張っても誰もほめてくれやしない。
いや、待て！　その気持ち、俺にはわかる。
お天道様は必ず見ている。
まじめに生きた者がほめられる世界にしよう。
家事や育児でノイローゼになるな。
地球の反対側で頑張っている主夫友ここにあり。ニヤッ。

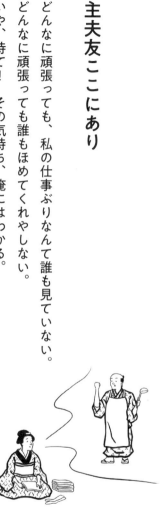

立ち直るために。

必ず起き上がるぞ

人間、誰しもくじけますね。
どんなにすごい人でも、必ずくじけています。
くじけても起き上がればいいんです。
それを不屈といいます。
でも、起き上がるのは簡単じゃないです。
しかし、急いで起き上がらなくともいいんです。
必ず起き上がるぞ、と思い続けることが、不屈の第一歩です。

人間、立ち直る力だ

気力があるなら無理してもかまわん。
しかし、ないときは絶対に無理するな。
気力体力が充満すれば、自然と頑張ることができる。
弱っているときはじっとしていろ。
英気を養い、再起の機会を待てばいい。
人間、立ち直る力だ。

「大」で流す

気分が下がったら人間も下がり続ける。
気分を上げよ。
上げる方法を父ちゃんが教えたる。
まずゴミを出せ、親友に電話しろ、部屋の窓を開け、
光の中を歩け、なんなら走れ、大笑いしろ、なんなら声を出して泣け、爆睡しろ、
ストレスの原因と名前をトイレットペーパーにすべて書き出し、大で流せ。
大でだ！

自分だけの時間が好きだぁ〜

群れない、つるまない、媚びない。
余計なしがらみは必要ない。
まわりとうまくいかず孤立したときには、
自分だけの時間が好きだぁ〜って自分に言い聞かせたらいいよ。
しっかりした目的を持ってそこへ向かうことに集中したらいいよ。
『マイ・ウェイ』をカラオケでひとり熱唱して大泣きしたら、すっきりするよ！

「だから?」と自分に聞き返す

弱気になったときとか、
「だから?」って自分に聞き返すことにしています。
だから?　すると、思わず苦笑い。
悔しいから、思わず奮起しちゃうんす。
よっしゃあ、いっちょう、やってみるか、ってなるんすよ。

バネにする

怒りをバネにすることはある。ストレスをバネにすることもある。
悔しさをバネにすることだってある。落胆をバネにして頑張るときもある。
絶望をバネにしたこともあった。
負のエネルギーを有効利用して生き抜いてきた。
振り逃げだってやってやる。
あらゆることをどん欲にバネにして、人生は七転び八起きだ。

打たれても負けない杭になれ

出る杭は打たれる、出すぎた杭は抜かれる。
でも、出ない杭はずっと出ることがない。
出たい杭は、打たれ強い杭になるしかない。
打たれても負けない杭になれ。
若いころ、たたかれるたび、自分にそう言い聞かせていました。
今は、たまに息子に言い聞かせています。

人は誰も負けない

負けたと思わなければ、人は誰も負けない。
負けたと諦めたときに、人はその言葉に負けるだけだ。

プライドを捨ててみる

プライドは大事だけど、落ちるまで落ちたときに、
一度プライドを捨てたら楽になって這い上がれるよ。
父ちゃんはプライドが邪魔してカッコつけてばかりだったけど、
どん底に転落したとき、思い切ってプライドを捨ててみたんだよ。
失うもんはない、とつぶやきながら。
そしたら体が楽になり、浮き上がったんだよ。

苦しんだ自分を許す

手のひらを軽々と返した人間を許すとき、
それはその人を許すのではなく、
苦しんだ自分を、もういいだろう、十分じゃないか、
と許す行為にほかならない。

裏切られてもかまわない

信じる、というのは、
最悪裏切られてもかまわない、ということだろう。
信じなければ、裏切られることもないのだから。

不幸を撥ねのける力

不幸というのはある意味、風邪の一種だよ。
免疫力をつけなきゃ重くなるから、たまに不幸になるのも仕方ない。
しかし、ずっとじゃまずいだろ。
ポジティブワクチンを接種し、予防しとけ。
不幸を撥ねのける力を、パパは幸福力と呼んでいる！

ふと、帰宅途中に立ち止まり。

チャンスの十字路にいる

もし迷っているなら、チャンスの十字路にいると思え。
右にそれるか、左に行くか、前に進むか、来た道を一度戻るか。
どこかの先にチャンスがあると思えば、ポジティブになる。
迷ったのには意味があるんだと、前向きに考える。
人はいくつもの十字路で悩む。
しかし、それはすべてチャンスの十字路なんだよ！

過去は振り返らない

幸せなときって、ほっといても未来が見えてくる。
楽しいと未来ばかり見える。
そういうときは、この幸せが続きますように、と思うよね。
ま、めったにないんだけど。
過去を振り返ってばかりのときは、もしかしたら今に不満があるのかな。
だから、わしゃ、過去は振り返らないことにしとっとよ！

スパッと潔く諦める

基本は、絶対諦めない、なんだけど。
どこかで諦めないと次へ向かえないときもあるからね。
そういうときは、スパッと潔く諦めることにしています。
ものの見事にきれいさっぱりと。
諦めるタイミングの見極めこそが肝心なり。
でも、まだまだ、しぶとく、諦めましぇん。
小さな声で、ぇぃぇぃぉ〜。

間違えた理由を知る

もし私が今悪い場所にいるのなら、それは私が道を間違えたからでしょうね。
もし私が不幸なら、たぶん自分がどこかで誤ったからでしょう。
運命のせいだとは思わない。
解決するためには、間違えた理由を恐れず知ることでしょう。

後始末がうまくいけば

人生は毎回の後始末が大事だね。
ひとつ終われば後始末、もめたら解決して後始末だ。
後始末がうまくいけば、納得して去ることができます。
立つ鳥跡を濁さず。
さて、食べたら片づけしますかね。

新しい心配ごとがやってくるたび

本当のことをいえば、心配ごとはなくなりません。
次から次に心配ごとが増えていきますが、なぜか乗り越えていけるものです。
少なくとも星の数ほどあった心配ごとは、もうひとつも覚えていません。
次から次にやってくる新しい心配ごとが、そいつらを追い払うんです。
ね！　うまくできています。
だから、大丈夫だよ。

やれたかもしれない？

なんで人間は小さいことでくよくよするのかって？
それは小さいことだからだ。
デカいことなら諦めがつく。
小さいから、やれたかもしれない、と後悔するんだよ。
でも、くよくよしているとネガティブが寄ってくるぞ。
スパッと切り替え、次へ行け。

意地を張る

結局、自分をどう手なずけるかだよね。
無理しないでいいのに、意地のために頑張っちゃうんだ。
意地の強い人は孤独だね。
あ、だから、おらは孤独なんだ！
元来、意地は素直な気持ちから派生。
意地を張るって、自分を保つことなんだね。
この意地っ張りめ！

「頑張れ」と「無理するな」

人生ってずっと「頑張れ」と「無理するな」のあいだだね。

「自分に負けない」という勝ち方

勝つことなんかどうでもいい、二の次だと思え。
何がなんでも勝とうとするから反則になる。
勝て勝て、と尻をたたくな。
スポーツはしょうがないが、人生にはいろんな勝ち方があるんだよ。
みんながいちばんになれるわけないだろ。
「自分に負けない」という勝ち方もあるんだよ。

人生は支配できない

人生を思いどおりに操れた人って何人いる？
勝ち負けにこだわる人の勝ちっていったい何を指す？
負けて落ち込むのはなぜだ？
もっとやれると思い上がっていたからか？
人生は支配できない。

弱さを隠さない

弱さを隠さなければ、自然体でいられれ、むしろ引け目を感じないですむ。
弱さを隠すということは、自然じゃないということ。
外側ばかり取り繕い、中身のないハリボテみたいにね。
弱さを隠さない人でいたいなあ。

立派じゃなくたって

力強い虚勢よりも、小さくても意志のある真実がいい。
派手じゃなくても、存在感があればいい。
立派じゃなくたっていい、ありのままの自分でいられたなら。

欲深い自分をからかう

失うのが怖いから、我が強くなるんだね。
でも、じつは何も持っていない、持っていけない、と悟れば、
失うことを恐れなくなるね。
生きている間つきまとう恐怖心は、つまり我欲のせいだよね。
欲を捨てることはできないから仕方ないけど。
欲深い自分めと、ときどき自分をからかって笑って生きています。

千両

頑張った頑張った

最近「疲れた」が口ぐせになってきたので、
疲れたを「頑張った」に変えるようにしています。
疲れた疲れた、と言っている自分はカッコ悪いからね、
頑張った頑張った、に変えたら、
なんとなく疲れがたまらなくなってきたような。
あー、頑張った頑張った。

必要なものは最初からある

会いたくても会えない人や、
手に入れたいのに手に入れられないものって、
もしかしたら、無理して会わなくてもいい人だったり、
頑張って手に入れなくていいものなのかも。
だいたい必要なものはまわりにあるんだよね、最初から。

迷った、考えてみた

人にどうしてあげたらいいいか迷った。
自分がどうされたらうれしいかって考えてみた。

できれば、愛をあげたい

愛は永遠のテーマですね。
無償の愛も、言葉にすると押しつけがましくなっちゃう。
愛をください、と言われてもねえ。
今、ちょっと持ち合わせがないしなあ。
でも、できれば愛をあげたい。
持っていなくても、あげたくなるのが愛なのです。

独裁者じゃあるまいし

自分ひとりだけ幸せになった人がいないように、
愛でも成功なんかでも、
まわりと一緒に上がっていくもんかもしれんね。
自分だけ幸せです、って独裁者じゃあるまいしね。
いちばんになった人のまわりは、やはりみんなもちゃんと成長してんだよ。
愛し合っていくもんだからね。

半歩、譲る

争わないで生きるという方法もあるでしょう。
道を譲るという方法もあるでしょう。
聖人君子であろうと、きっと何か間違いはおかします。
一歩、いや、せめて半歩譲ることを覚えたら、
世界がちょっと変わるかもしれませんね。

いつも、お互い様

お互い様、って言われた。お互い様だから、って。
でも、そいつ、いつも誰にでも言うてる。
あ、この人、だからいつも幸せな顔してるんだな、って気がついた。
お互い様って、ギブアンドテイクとはちょっと違うんだね。
お互い様と言いながら、その人は人間の徳を積んでいるんだな。
いいことは真似しなきゃ。
お互い様。

ありがとうが戻ってくる

恨みは恨みを連れてきます。
嫉妬は嫉妬を、憎しみは憎しみを。
でも、許しは許しを連れてくるし、情けは情けを連れてくる。
ありがとうにはありがとうが戻ってくるように。

ブーメランだね

なんだかんだ言うても、ぜーんぶ自分に跳ね返ってくる。
ブーメランだね。
ぜーんぶ跳ね返ってくるものだ、と最初から覚悟して挑むっきゃない。
足元すくわれないように、どっしりといこっ。

別にみんなに愛されたいわけじゃない人は

みんなに好かれている人はね、みんなに優しいから、
みんなのことを考えなきゃならない。
みんなに嫌われている人はね、みんなに嫌われているから、
みんなに合わせなくていい。
みんなに愛されたい人はね、みんなにいい顔しなきゃならないけど、
別にみんなに愛されたいわけじゃない人は、
ほんとのことを言ってくれたりするよ。

めちゃいいヤツとか、いない

人間だからね、みんなどこか、
面倒くさかったり、まわりくどかったり、自分勝手だったり、
自己中だったり、わがままだったり、いい加減だったりする。
人間らしいなあと思う。
めちゃいいヤツとか、まわりにいないし。
みんな人間くさいよ。
でも、気をつかわないで自然な感じでつき合えるから、好きだな。

それを親友といいます

結局、他人は無責任なんだよ。それを真に受けちゃダメだ。

無責任だから適当なことしか言わない。

適当なことに振り回されちゃ残念だ。

信念とは、ブレない自分の意志だよ。

しかしね、世界に、親身になって君の話を聞いてくれる他人がひとりくらいいると、生きやすくなるよね。

それを親友といいます。

だから面白い

わかり合えるとか思うな。
お互い同じことで悩んでいる他人なんだよ。
だから面白いんじゃ。

八方美人は、八方ふさがり美人

みんなに好かれるって、自己犠牲なくしてありえない。
ならば、好きなヤツにもっと好かれたほうが断然いい。
八方美人は、じつは八方ふさがり美人だよ。
たった一度の人生、大好きな仲間たちに囲まれ、
もっと仲よく生きたらいいじゃん。
孤独な父より。

嫌われるのは、チャンス

嫌い嫌いも好きのうち、といいますが、まさに。
好きと嫌いは結局、気になる存在ということで似ている。
個人的には、好きも嫌いも一緒。対極に、どうでもいい存在があります。
嫌われるというのは、チャンスかもしれないから落ち込まないで。
どうでもいい存在になるのは、よくありません。

ザマアミテルヨ

ザマアミロという言葉は好かんね。
ザマアミロは結局、言った自分に返ってきますよ。
天にツバを吐くのと一緒ったいね。
足元すくわれないようにしなきゃ。
ザマアミロと言いたいときは、
ザマアミテルヨ、と小さく小さくつぶやきます。

みんな生きてんだもんなぁ

頭にきても、みんな生きてんだもんなぁ、とまず思うべし。
俺だって生きてんだからさ、と次に自分をおもんぱかり、
だったらしょうがないじゃん、と自分に言い聞かせて、
なんとなくおしまいにするのがいいね。
いつまでも引きずってもしょうがないし、と今、自分に言い聞かせているところ。

味方につける

日本には「男は敷居をまたげば七人の敵あり」という古語あり。
敵にまわすより味方につけられたら、どうなる？
媚びる必要はないが、ただ、相手も人間だ。
和解のチャンスがあるなら、お前スゲー、と言わせてみる手もある。
今日の父ちゃんのひと言。
敵を味方にしてこその勝利だよ。

一日の終わりに。

幸せを特別なものにしない

幸せを特別なものにしちゃわない。
ありきたりのことや、そうあるべきことが、
当たり前に、いつものようにそこにあって、
すべてがふだんどおりであることを、幸せと呼びたい。
それが幸せだと思えることが幸せなのだ。

ゲッティングベター

今日はベストではなかった。
でも、最悪でもありませんでした。
どちらかといえば、ゲッティングベター。
よくなりそうな兆しが、かすかに。
明日につなげていきましょう。

不幸にならないための鉄則

幸せになる魔法はないが、不幸にならないための鉄則ならある。
期待しすぎない。愛しすぎず人を束縛しない。
欲張らない。実現できない夢は見ない。
小さな目標を持つ。人は人、自分は自分。
感謝を絶やさない。好きな人に囲まれる。
君を大切にしない人間とは絶対関わらない。
前向きに笑顔で生きる。

いいところを伸ばしてあげたい

息子をたくさんほめました。
人をほめると気持ちがいいものです。
ほめられた人はいい顔していますからね。
いいところを伸ばしてあげたい。
悪いところも追いついてきます。
厳しさも必要だけど愛がないとね。
愛があれば大丈夫。

自分を好きになれ

一生、君は君を生きなきゃならない。
人生の中でいちばん長くつき合うのは、自分自身だよ。
その自分を嫌いになったら、一生が台無しになる。
他人になんと言われようが関係ない。
まず自分を磨き好きになれ。
弱気とか不安は、自分を嫌いな人がなる。
自分を好きになれたら、自信がつくよ。

なんか自分らしい

パパなんか毎日、なんか今日の自分弱いなあと思うし、なんかバカだなあと思うし、なんか情けないなあ、なんか頼りないなあ、なんか不甲斐ないなあ、なんかあかんなあ、と思うことばかりだよ。

しかし、だからとっても人間らしい。

なんか自分らしいんだよ。

なんか説明できないけど。

なんかね。

こっそり涙を流したなら

もし今夜、人知れずこっそり涙を流したなら、
それは優しい証拠じゃないかな。
大人はだんだん涙を流せなくなる。
人を押しのけ、だまし、突き落とす大人は、涙なんか出ないんだよ。
きれいな涙を流せる人に、悪い人は少ない。

気にしたければ、また明日

疲れるなあ、と思うときって、
他人にどう思われているか、気にしすぎのときだったりするね。
とりあえず、忘れましょうか、気にしたければ、また明日。
一度、忘れて、また、思い出せばいいじゃん。

「消えろボタン」再び

みんなのことを大嫌いになる夜があるね。
だけど、みんなを大好きになる朝もあるぞ。
好きになったり嫌いになったりが人生、また好きになる日も来る。
あまり思いつめないで、夜はおとなしく寝なさい。
腹が立つなら、消えろボタン、をどうぞ。笑
一日の疲れにも効きます。

自信がないときは、自分を理解できているとき

自信過剰なときがある。
しかし、ほぼ根拠のない自信だったりする。
自信がないときは、じつは自分をよく理解できているときじゃないかな。
自信ってなんだろ？
出たり消えたり。
それが自分自身だ。自分自信！
明日はちょっと自信を持って。

ありがとうありがとう

ひとつひとつ大切に生きなさい、と母さんが言いました。
ひとりひとりときちんと向き合いなさい、と母さんが言いました。
ありがとうありがとう、と心から思いました。

「お陰様」は、こっそりと

「お陰様」って、言葉にしないけど、いつも思っているといいですね。
ただ、やたら「お陰様で大成功しました」と自慢されるとイヤだね。
別に俺なんもしてないよ、と言いたくなる。
お陰様で、って気持ちをこっそり持っとくのが好きだなぁ。
母さんのお陰で、仲間のお陰で、息子のお陰で、ありがとうってね。

なんとかなる今を大事に

いいこと教えてあげよか？
昨日のことは、もうどんなに騒いでもやり直すことはできないんだけど、
今日とか明日、これからはまだいくらでも頑張ることができるんだよ。
スゲーだろ。
やり直せない昨日のことで悩むより、なんとかなる今を大事にしな。

未来が過去を立派にする

未来が過去を立派にすることもある。
いじけて未来をダメにしちゃえば結局、過去はもっとダメになる。
過去が未来をつくるのじゃなく、
未来が過去を立派にするんだ、と考えるようにして、明日にかけよう。

昨日の自分と明日の自分は

忙しいときは、翌日の朝食を作って寝ると楽だよ。
昨夜作ったおにぎりが、せわしない朝を救ってくれますよ。
昨日の自分と明日の自分は、持ちつ持たれつだ。
救ったり、救われたり。

落ち込むときはとことん落ちて

人生が思いどおりにならないときは、やっぱりなと思い、
人生が思いどおりになったときは、まぐれじゃと言い聞かせ、
気分が下がったときは、楽しいことだけ考え、
気分が上がったときは、身を任せています。
一喜一憂は人間だから普通にします。
落ち込むときはとことん落ちて
「明けない夜はないのです」と唱えています。

自分を放棄しないための1回休み

今日は家事を放棄、
しかし、自分を放棄しないための1回休みでした。
長い人生、背負いすぎて抱えられなくなる前に、一度荷物をおろす日も必要だね。
明日からまた日常が始まります。
毎日をバカにせず、ひたむきに、
自分の居場所で精いっぱい踏ん張ってみようか。

明日が引き受けてくれるはず

「パパはよく、当たってくだけろ、って励ましてくれるじゃない、でも、くだけちゃったらダメなんじゃないの？」

「……まぁね」

今日やり残したことは、明日がきっと引き受けてくれるはず。

今は何も考えんと眠りなさい。

よかよか。

よく生きたら、心は

「パパ、命と心と魂の違いは何？」と息子。
「魂は人間が死んだら出ていくよ。
命は人間とともに終わるよ。
心はね、よく生きたら、親しい人の心の中で想いに変化し、
その人が生きている限り残るんだよ」

おやすみなさい

寝る前はね、反省とか後悔はしちゃダメだよ。
美しい世界を想像して、今日の不安や緊張をほぐしてベッドの中へ。

とんとんとん

眠れない日もある。よく眠れなくなる。
無理して眠ろうとすると苦しい。寝ないとならないから焦る。
目を閉じて、じっとしているだけでも疲れは癒されます。
胸のなかほどには自律神経の森が広がっている。
人差し指の先で、とんとんとん、と軽くたたいて、
落ち着かない気を鎮めたらよい。
とんとんとん、おまじない。

不安に対抗できるのは希望

不安のない人生なんてないね。
不安に対抗できるのは希望だから、僕は毎日、希望を探しているよ。
希望を探すことが、まず最初の希望になる。
希望を見つけたら、その希望を育てたらいい。
花を育てるみたいに、毎日せっせと水をやる。
どんな花がいつ咲くかわからずに、せっせと。
じつはそれが希望なんだよな。

「チーム自分」

寝る前に「よく生きました」と自分をほめてあげたらいい。
その頑張った体を、頑張った心と魂を、
労ってあげられるのは自分だけ。
人間はみな、生まれてからずっと「チーム自分」なんだよね。
今日もいろいろあったけど、
なんとか乗り切ったチーム自分に感謝しよう。

まだまだひよっこ

さあ、また、新しい冒険が始まる。
希望がないと人間は生きられないし、夢がないと人間は輝けないからね。
無理だ、と言われることに、なぜかワクワクする。
まず自分が自分を信じなきゃ、夢なんか実現しないものね。
無謀な新人でいこう。
まだまだひよっこじゃん。
ひよっこですよ。

息子よ。

世界じゅうで
精いっぱい頑張っている、
息子や娘たちへ。
弟や妹たちへ。
あなたや、もしかすると、
自分自身に。

◆息子よ。

人間はみんな泣いて生まれる。
赤ん坊は泣いているが、まわりはみんな笑っている。
不思議だな。
簡単な人生なんかないことをみんな知っているくせに、微笑んでいる。
意地悪で笑っているんじゃないんだよ。
うれしいんだ、あふれる可能性が。
せっかく生まれたんだもの、思うぞんぶん生きなさい。

◆本当の自分ってなんだろうね。 息子よ。
それは簡単じゃないぞ。
天職は何か？ そんなもの、やってみなきゃわからないぞ。
見つけ出す前から決めつけたら、苦しくなるよ。
人生とは何か？ いやいや、失敗の連続が人生だよ。
安心しなさい。
やってみなきゃ、生きてみなきゃわからないのが一生だからね。

◆息子よ。

人間は毎日少しでいいから、ちょっとでかまわないから、ほんのわずかであろうと前進しろ。

何がなんでも1歩、1センチでもいい、いや1ミリだっていいじゃん。

人生、振り返るのはまだ早い。

父ちゃんなんか絶対に振り返らない。

人生、振り逃げぐらいがちょうどいいんだよ。

まずは1塁を目指せ。

GO！

◆息子よ。

人間はスーパーマンじゃない。

すべてを完璧にやれる人間なんかいません。

力を抜いてやりなさい。

力は入れず、抜くんだよ。

リラックスしたときに、人間は予想以上の力を出すことができたりするからね。

１００点や完璧を目指さず、楽しみながら進めばいいよ。

全部抱えないで、持てるだけ持ちなさい。

◆息子よ。

人は勝手なこと言って気晴らしする生き物だ。
しょせん、他人ごと。
いちいちそれをまともに受け止めていたら、苦しくなる。
愛のない助言には毒がある。
父ちゃんのモットーは、
「腹八分目に医者いらず、他人の意見オールスルーで医者いらず」だ。
まわりなんか気にするな、初志貫徹でいけ。
弱気になるなよ。

◆息子よ。

もし君が苦しいなら、それは成長している証しだと思いなさい。
もし君が寂しいと感じるなら、それは愛に近づいている。
もし君が絶望しているなら、近くに希望が待ちかまえている証拠です。
人生、山あり谷あり。
谷間を越えたら登るしかない。
苦しまなきゃ山頂に立つことはできないよね。
つまり、今がチャンスだ！

◆息子よ。

なぜ生きるのか、と考え始めるときに、人間は大人になるんだよ。
君は少しずつ世の中を知り始めた。
残酷さや格差や不条理なことに首をかしげ始めた。
でもね、人間はダメなところばかりじゃない。
解決する方法を探す人たちもいる。
そういうところに希望がある。
希望は生きるための光だよ。

◆息子と並んで歩いています。

息子よ、思いどおりにならないのが人生だよ。

息子よ、それを実現させたいと思い続けることが人生だよ。

息子よ、努力が実ったときにひとつ気がつくのが人生だよ。

息子よ、よく考えてごらん、思いどおりの人生を生きた人なんかいないよ。

◆息子よ。

参考にならないと思うが、

まず、できるだけ小さな目標を掲げ、

達成した勢いでちょっとだけレベルアップした目標を掲げ、

達成したら少しばかり大きな目標を掲げ、

達成したらこっそり大きな目標を掲げ、

達成したらどんとデカい目標をぶち上げ、

失敗したら、できるだけ小さな目標から掲げ直せ。

◆息子よ。

頑張ったのに評価されないとつらいね。
しかし焦らないこと、努力を楽しむことだ。
我慢と努力は似て非なるもの。
我慢する必要はない。
努力する必要はある。
あるとき、その頑張りが誰かを感動させる。
あのね、父ちゃんはいつも君の努力を見ているよ。
必ず見ている人間はいます。
楽しんで努力しなさい。

◆息子よ。

謙虚な人とは、自分の愚かさに気がついている人のことだよ。

人間、他人のことはよーく気がつく、パパみたいに。

でも、パパは自分の欠点を知らなすぎじゃん。

自分の愚かさにちゃんと気がつける人は、人間的に成長できる人だよ。

だから、パパは成長しないわけだね、いくつになっても。笑

◆息子よ。

父ちゃんの父ちゃんが、
幼いころの父ちゃんに教えてくれたことの中で
いちばん好きな言葉を君に贈る。

「人間、何をしてもかまわないが、人に迷惑をかけちゃいけない。
人が大切にしているものを奪ったり、バカにしちゃいけない。
必死で生きている人を否定しちゃいけない」

◆息子よ。

誰かの無頓着な言葉で傷つくことがあるよね。
そのとき、自分が欲しかった少しの優しさを、次に誰かにあげたらいいんだよ。
励まされたかったと感じたなら、傷ついている誰かを励ましたらいいんだよ。
それを思いやりといいます。
思いやりは、いつか君に返ってくるよ。

◆息子よ。

放っておけばいいんだよ。相手にせず、近づくな。
他人を踏みにじる者たちは、そのうち自滅する。
見てごらん。
向こうに美しい世界が広がっている。
君が生きる場所とは、そのように光り輝く世界であるべきだ。
背筋を伸ばし、光の中を進みなさい。

◆息子よ。

失敗したときに一緒に悲しんでくれる友達はいても、

成功したときに一緒になって喜んでくれる友達はなかなかいないね。

自分のことのように友達の成功を喜べる人間になれたらいいね。

父ちゃんはお前が成功したらジャンプしてシャウトして喜ぶだろ？

さ、今日も元気にいってらっしゃい！

◆息子よ。
少しだけ人の優しさ頼ればいいね。
少しだけ頼るんだ。
お互い様だから、助け合って人間は生きていくんだよ。
パパもいつか、少しだけ君に頼るかも。笑

◆息子よ。

孤独はいいが、孤立しちゃダメだ。
悩むのはいいが、迷ったらダメ。
泣くのはいいが、我慢しちゃダメだ。
やるだけやって諦めるのはいいが、やることやらず逃げるのはダメ。
批評はいいが、無責任な批判はダメだ。
それからね、宿題はすぐやるならいいけど、
「あとでやるから」はダメじゃないの？　笑

◆息子よ。

いってきます、のひと言がなぜ大切かというと、
必ず帰ってきます、と父ちゃんを安心させるためにだよ。
ごちそうさまでした、は父ちゃんをいい気分にさせて
また美味しいものにありつくために。
おやすみなさい、は父ちゃんもどうぞお疲れでしょうから寝てください、
の、おやすみなさい、なんだよ!

◆息子よ。

自分の思いどおりにコントロールできる人間なんかいないぞ。
完璧主義だと恋は失敗する。
潔癖はアウトだ。
期待しない恋がベスト。
相手が思いどおりにならないからこそ惹きつけられる。
肝に銘じておくべし。

◆息子よ。

人の意見は半分だけ聞け。
父ちゃんのアドバイスは父ちゃんの意見にすぎない。
あれやっちゃだめ、これしたらいかん、と
ウザい父ちゃんの意見に従っていたら、なんもできなくなる。
父ちゃんはひとりぼっちで寂しんだな、と思っとけばいい。
人生を決めるのは自分自身。
はばかることはない、ぶっとばせ。

◆息子よ。

くよくよするな、とパパは言わない。
逃げるな、と言わない。
関係ない無視しろ、とは言わない。
負けるな頑張れ、とパパは言わない。
みんなと仲よくしろ、とも言わない。
パパはそれを全部経験した。
ただ息子よ、幸せになれよ、とパパは言う。
ただ一度の君の人生だから。

◆息子よ。

今は幸福だけ見て生きればいい。
それは君が生まれながらに持った、いちばん人間らしい権利だからだ。
人間は誰もが幸せになるために生きている。
当たり前なことだが忘れがちになる。
どんなときも自分に言い聞かせたらいい。
父ちゃんが言っていたな、と思い出せ。
つらいときにこそ幸せを見つめるのだ、と。

◆息子よ。

愛とはね、ある日ある人の心の中に、
ろうそくに灯る炎のように君が存在してしまうことなんだよ。
愛とはね、君の心の中に、
太陽や月のように誰かが存在してしまうことなんだよ。
その人のことを考えると幸せで仕方なくなるんだ。
だから君の心に、いつか現れるその人の場所をあけとかなきゃ。
愛とはね、

◆息子よ。

愛するというのは、死ぬほど大変なことで、
苦しくなったり悲しくなったりやきもきしたり自分を見失ったり、
ときにはすべてをなくしたりすることもあるんだけどな、
それでもそれがあるとないとでは人生がまるで違うものなんだよ。
愛が芽吹くと幸せも芽吹く。
だから愛を知ったとき、人はもう一度生まれる。

願いごとはしません。
なぜなら、めったに叶ったことがないからです。
いつからか願うことはしなくなりました。
でも、たまに祈るな。
言葉尻の差かもしれませんが。
息子が毎日を元気にやれますように、と。